雁の棹

Noguchi Sangetsu

野口山月句集

ふらんす堂

胸奥に山河に沁みぬ雁の声　貞雄

題字・柳生愛香

雁の棹／目次

句集　雁の棹

常陸風土記の里

平成十八年〜十九年

漆絵の鶴舞ひ上がる雑煮椀

試し撞く鋳物師の一打鐘冴ゆる

寒造り唄で櫂搔く杜氏かな

フラミンゴ春一番によろめけり

青春の濤音のこる桜貝

テーブルも椅子も真白や初桜

迎春花挿して書斎の阿修羅かな

防風の花は白砂にまみれたる

金山に鑿音遺し春の闇

大空を眺めて檻の鶴帰心

蛇穴を出でて半身の後退り

捨て鋳型跡形もなく草萌ゆる

老いは老いの若きは若き花筵

引鴨の遠のく空に声かすれ

雁帰る浦一巡の別れかな

余燼なほ火種残して野焼かな

刺網を竿にだらりと浦長閑

昔日の渡満の道の飛花落花

予科練の昔がありて花吹雪

地歌舞伎の緞帳に花吹雪きけり

只見線の峡を深めて桐の花

恋仲を按じて神の落し文

一握りとて捨てがたき余り苗

参禅のぼんぼん時計堂涼し

正門にソフィアと標し額の花

千年の杉の洩れ日の涼しさよ

ほとぼりを残して窯の月涼し

田一枚浮き立つほどの青田風

水底の雲を摑んであめんぼう
花嫁の舟を迎へて花あやめ

倒木の全長見ゆる旱ダム

糠床を一夜に染めて茄子の色

臆すなく恋を吐露して星の竹
ビバークの穂高連峰流れ星

恐竜の暴れし二百十日かな

風荒るる鴨の浮き寝の定まらず

椿油の櫛の飴色一葉忌

自画像の子規の眼の春を待つ

鵜捕師の番屋にひそみ年暮るる

鵜捕場の萱の目隠し枯るるなり

着ぶくれて釣り人巌にどつかとゐ

投光器樹上に除夜を待つばかり

底冷の闇に摺り足お戒壇

年の夜の熾をこぼせし篝籠

一山をつつみ在して寒月光

味噌蔵に籠る香りや春隣

冬牡丹

平成二十年〜二十一年

吉運を当てて稚抱く初御籤

鋳物師の炎煽るも初仕事

天女絵の舞ひを幽雅に淑気満つ

初漁の船飾り立て大漁旗

春燈や杜氏の部屋は四畳半

蕗の薹採つて杜氏の自炊かな

金縷梅を仰ぎ杜氏の里ごころ

卒論を母にも読ませ卒業す

散りどきを覚りて鬱金桜かな

刀痕を門に長押に花の城

揚げ雲雀海原見ゆるまで昇り

姨捨の空に鍬振り棚田打つ

木曾谷をいくつ越え来し初燕

旅籠屋の格子戸に入る雪解風

筑波山八方晴れて鯉幟

原爆碑しとどに濡らし梅雨最中

ヨットの帆パーカに帽子白づくめ

夏めくや粋な角刈り雪駄履

雨蛙鳴きし山刀伐峠越ゆ

山風の舞ふにふさはし黒揚羽

筆跡は虚子の屛風の夏座敷

胸までも浸かり槌打つ簗大工

看板のラムネの絵古り茶屋の軒

江ノ電の音の近さに海の家

山百合の峠の開け牧水碑

雪渓の風にエーデルワイス咲く

千羽鶴折り目の弛ぶ梅雨の堂

法話聞きみな頷いて施餓鬼寺

生身魂手づから漕ぎし車椅子

新涼の靄に神鼓の鳴り渡り

産卵を遂げたる鮭の目の潤み
門の潰えしままにすがれ虫

一畝は手づから育て菊膾

余念なく瓶を洗ひて新走り

檜樽その香たちこめ新酒かな

山風にみ空の澄みて枯木星

杉戸絵の蒼然たるも冬牡丹

寒椿白さに沁むる良弁忌

黒百合

平成二十二年〜二十三年

深山蝶往きつ戻りつチセの窓

リラの花手向けてアイヌ墓標かな

牧開く牛の首鈴かろき音

網走の無人駅にも燕来る

リラ冷えの聖書を胸に修道女

鰊不漁やん衆の声はるかなる

アカシアの花散る墓標アイヌ彫り

ムックリを奏で少女のチセ涼し

黴にほふ番屋に遺る箱畚

夏炉端女人の踊るイヨマンテ

聖堂の白亜まぶしき日傘かな

大西日沈みて海を焦がしたる

昆布干し浜の真砂に広げたる
尖塔を火のごと染むる晩夏光

黒百合のオホーツク海見晴るかす

宣教師邸のお手入れ薔薇の花

夏霧の一瞬に霽れちんぐるま

家も船も海霧に沈めて漁師村

北限のここまで来たる稲の花

操舵室の燈のぼんやりと霧の海

フランスパン齧りつ読書楡の秋

サロベツに別れを惜しむ帰燕かな

雪嶺の北方の島帰還待つ

着ぶくれて網を繕ふ元漁師

面会所鉄柵の窓凍りけり

みちのく　十五句

残雪の行軍の碑に兵士の名

夜桜を見るも演ずも里歌舞伎

地歌舞伎を見て一泊の山桜

ゴム胴衣に波の砕けて海苔掻き女

村歌舞伎の舞台鎖して梅雨に入る

じよつぱりの寡黙に昆布拾ひけり

新涼や傑作を生み「斜陽館」

秋澄むや自刃の墓の絵蠟燭

白虎隊士を悼む詩吟や露の墓

聴きほるる津軽三味線秋の夜

鈴の音に跳たくなりて佞武多かな

野分浪泡を飛ばして荒磯かな

霧の馬睫毛に玉を結びけり

白露や不朽を讃へ賢治の碑

秋濤の礁に砕け鯨塚

新涼や瀬音にひたる奥薬研

奥薬研訪ね前師の昼の月

山里に堆肥積み上げ雪婆

滝凍る

平成二十四年〜二十五年

お焚所の煙を纏ひ破魔矢売る
ふつふつと醪のはやる寒造

鐘楼の壁画の孔雀春を待つ

春泥を禰宜踏みしめて地鎮祭

老眼の鋸を目立てて梨剪定

後退りしてペンキ塗る暖かさ

春浅き芋銭とともに墓十基

竹篦の腰に挿し有り白子干し

堅香子の花は峠の裏筑波

高遠に住みし自慢の花の城

鉄工所火花散らして夏近し

まや出しを待つ牧童の蹄切り

牛小屋も牛方宿も明け易き

竹の皮脱ぎ狼藉を極めたる

整然と箒塵取りキャンプ場

テント村幹から幹へロープ張り

獅子独活の花に隠れて平家村

鰺を干す海の青さを閉ぢ込めて

常陸国府のまつり　七句

柝打ちて荒神輿統ぶ若頭

搔き上げて項すつきり祭髪

口紅を塗りなほしてや祭笛

暴れ獅子操る祭鉦太鼓

耳朶にピアス煌めき祭笛

鈴の音を一つに揃へ神輿昇き

祭鉦足で調子をとり叩く

高稲架や眼下に能登の海迫り

洗ひ髪風に梳かせて星月夜

無患子の落ちては弾む石畳

鉱毒の離村の村の曼珠沙華

高原の風いとほしむ吾亦紅

鶫捕り師の囮を据うも目出し帽

万人に踏まるる街の落葉路

長湯治谷底よりの冬の月

鮮やかに白にみどりや葱洗ふ

蒼天に脂を光らせ冬木の芽

子規庵の暮らし質素に年惜しむ

長老の撚りの手解き注連作り

藁匂ふ青さを残し注連飾る

トンネルを出れば大海春近し

凍滝のがんじがらめに声もなし

花の寺

平成二十六年

「おへんろ」十六句

金箔の煤ぶ観音御開帳

お遍路に心得を説く一番寺

ポンチョ着て覚悟の据る遍路かな

お遍路の道細くなり靄に消ゆ

戒律を胸に携へ遍路発つ

遍路杖捲れきつても手放さず

学僧の磨く厠に雉の声

読経本雨に滲むや西行忌

土佐人の励まし貰ひ遍路ゆく

天女絵の出迎へくれし花の宿

お遍路の悩みを癒す般若経

白椿すこぶる白き結願所

御母堂も入山叶はじ空海忌

名優の金比羅歌舞伎春日傘

行く春や不比等ゆかりの海女の墓

お釈迦さま　五句

摩耶夫人雲間に按ず涅槃絵図

天道虫余白にぽつり涅槃絵に

お寝釈迦に縋りし鬼の歎きかな

涅槃絵の修復の跡まざまざと

釈迦寝入る高弟泪を怺へけり

大瑠璃の声にも謝して奥の院

俳諧のゆかりの牡丹普賢院

悼む「うから」の六句

商道を拓き伝へて鳥雲に

華道の師らしく帯締め白日傘

父白寿天命を生き月明に

蠟梅の散り有終の美なりけり

風雪をともに生きたる枯欅

人生の慶賀を吟じ石蕗の花

お水取り　八句

法螺の音の闇をゆさぶりお水取り

火の滝を降らす回廊お水取り

合掌の影を帳に修二会かな

粗格子に沓音を聞きお水取

湯屋の僧小袖真白に紅椿

疫病の退散願ふ修二会かな

修二会の火除け帽子の煤けたる

若狭井に結界を張りお水取り

志摩の海女　五句

海女小屋の男子禁制掟守る

海女帽に星を標して悪魔除け

海女漁の帰りを待てる磯着かな

航跡の泡を真白に青葉潮

熱帯魚ライトアップに色光り

夏山を歩く　四句

青春の讃歌に高き水芭蕉

褐色の石によく似て山女釣り
観覧の人を濡らして滝しぶき

槍ヶ岳の下山喜び岩魚小屋
岩魚焼き香りで食す白ご飯

御朱印帳に筆はしらせて夏衣

綿摘みや三代揃ふ上総晴れ

輪台の花弁を正す菊の父

札所への秩父の道の霜を踏み

煤払ひ刃型くつきり手斧跡

藁を巻き藁で括りし霜囲ひ

松飾る

平成二十七年〜二十八年

黙想の出番を待てる弓始

パンの耳分けて貰ひし初雀

粛々と軒をかすめて初電車

寒禽の逃るも追ふも猛り啼き

春眠に遅刻の夢を見たりけり

梅の山岩に根を張り枝を張り

霰餅祖母の煎りたる雛あられ

石雛に技巧凝らして石工町

早朝の座禅張りつめ余寒かな

白酒を供へて酔ふもこころもち

草創の苦節を讃へ梅真白

「若葉」四句　千号・千百号・九十周年記念の句

眼差しの優しし三師の若葉晴

赤富士の威儀を仰ぎて誌を祝ふ

創刊の初心を胸に五月富士

手びねりの温もり遺し春惜しむ

終戦子と言はれて生きて紀元節

帆柱を叩くロープの春疾風

リベンジの夢を叶へて卒業す

音を上げぬバスケ少年山登り

水玉を膝に落としてキャベツ採り

菊の御紋かかげ鳥居の新樹光

静けさの法座に突如時鳥

河鹿聴き茂吉の里に浸りけり

川魚屋捌きし出刃で蠅を追ふ

翡翠や一瞬を待つカメラマン

牛小屋の臭気一掃扇風機

裸婦像の影を山湖に郭公鳴く

幾度も煮汁を焦がし泥鰌鍋

禁教の島を忘れじ薔薇の門

船歌にしばし酔ひたる涼み船

きびきびと動く目高を飼ふ媼

絶筆の多喜二の遺稿身に沁みぬ

秋声やダムに沈みし家屋敷

住み慣れし今も下町震災忌

障子貼り仕上げの霧を吹きかけて
生木には生木の匂ひ年木割

大杯に注ぐ地酒や牡丹鍋

糠を振り塗るる母の大根漬け

手にとつて拭ふお位牌年つまる

半纏に鳶の一文字松飾る

お風入れ

平成二十九年～三十年

「春の海」奏でて雅び琴始め
初帚塵なきちりを掃き浄め

調弦のととのふ小唄初稽古

身構へて十二神将寒に入る

寒鯉がどきて父の腕まくり

法螺の音の古都に響きて春近し

路地裏の声の黄色き鬼やらひ

窯焚きの寝ずに番して春の星

海臨み秘仏眩しき御開帳

座繰器の音緩るゆると日永かな

簗打ちの瀬音にまさる掛矢かな

釣竿の空を切つたる囮鮎

木灰や僧の一念牡丹咲く

糸とり女気力に満つる紅襷

バンガローの屋根はカラフル声高し

唐招提寺　三句

桂林の和尚の里の月朧

濤声を偲ぶ渡航や鑑真忌

鑑真忌に絵師の捧ぐる障壁画

潮騒の子守歌めき墓涼し

鰹釣り一にも二にも腕つ節

遠郭公瞑想深き礼拝堂

鮎茶屋に生まれて継ぎて藍の帯

十字架の踏絵を遺し薔薇真白

燈籠に隠れ十字や梅雨の闇

もろともに鋳込む鋳物師の玉の汗

接近の火星仰ぎて涼みけり

紫陽花の藍に染まりし観世音

釣り宿の塀に網干し水着干し

経蔵の墨香の古りてお風入れ

論語の祖祀るおたまや花木槿

水仙の香を愛づるごと子を育て

ふくさ藁

令和元年〜二年

避難所の静もる夜更けちちろ虫

蓮の実の飛んで台の乾びをり

牧水の歌碑に色なき風まとふ

素朴さのこころに沁みて零余子飯

与田浦に朽ち舟沈め水の秋

久慈川も林檎番屋も霧の中

でこぼこの水筒遺る終戦日

巻貝も転がりながら落し水

カンヌ賞ロケ地は今も稲穂波

赤飯を神に献じて豊の秋

鈴虫を飼ふ　三句

脱皮して鈴虫声の清みにけり

鈴虫を飼つて短命いとほしむ

鈴虫の鳴かずの未明こと切れし

邯鄲やしのぶ織子の墓小さし

機織りの音絶ゆる路地虫時雨

初鴨の旅の絆をまだ解かず

素のままの風味が良くて走り蕎麦

メニューには出さぬ店主の狸汁

炉の灰に字を書き語る平家谷

護摩壇の火の香残して冬に入る

芭蕉には芭蕉の立志石蕗の花

短日の光りあつめて色ガラス

月蝕の佳境に入りて星冴ゆる

余念なき槽に一燈紙漉師

山風も谷風もあり紙干場

紙漉の水ふんだんに逸る音

寒鮒の串焼き匂ふ漁師市

咳一つに視線集まる車中かな

武の神の留守を託して大直刀

枇杷の花咲いて鋳物師の捨て篩ひ

甃打つ路地に音洩る初時雨

板塀を塗り直してや年用意

年つまる屋号を背にし空鋏

粛々と終りの始め除夜読経

ふくさ藁渡りてまうづ孔子廟

遠筑波

令和三年〜

老幹の気魄に白き梨の花

自然薯の藁づと買うて午祭

下萌や山羊飼ふ暮らし高麗の里

帰化人の故国をしのび春田打つ

チェロの音に浸る上野の森若葉
飾らずに生きし生涯百合の花

山門は暮色にそまり著莪の花

沓脱ぎの主捜して梅雨の蝶

パプリカのインパストめく夏料理

早苗舟くぐる櫓音の十二橋

狼座空に君臨して晩夏

魚魂碑に茶屋の主の鮎供養

貫禄の腹を地に擦り種茄子

新大豆終の一莢爆ぜるまで

地鎮祭頭垂るるや鵙高音

鋳鮎の終の命をふりしぼり

瀬しぶきの白さに跳ねて下り鮎

干し具合振つて確かむ落花生

鳥図鑑子等は嬉々とし雁番屋

雁の棹月へ月へと浮き沈み

呱々の声上がるこの家に小鳥来る

俳諧の道に生きたき夜学かな

絵筆擱き画竜つれだち冬の星

初鴨の肩を寄せあふ山頂湖

未完の絵画架に残して帰り花

待春の机四五冊積み上げて

百態の波の固まり厚氷

顔の泥瘡蓋のごと蓮掘

泥の闇探りあてたる蓮掘

幸運も不運も焚きて納め札

老々の喉にも効きて根深汁

蜜柑剝き良縁を待つ母子かな

筑波山尾越の鴨の百羽かな

鴨猟の解禁をまつ隠れ小屋

数へ日や社の厠磨く音

鴨撃の残響浦を轟かす

蓮掘の修羅場に座して遠筑波

藁匂ふ選りすぐりして注連つくり

地震音に万羽飛び立つ浦の鴨

阿修羅の絵すゑて蜜柑を供へけり

籠る日々ポインセチアに励まされ

凍滝に鳥は自由に遊びけり

あとがき

句集を編むにあたり、「若葉」主宰の鈴木貞雄先生に序句をお願いしたところ快くお引き受けくださりました。記念の一句で巻頭を飾ることができましたこと、まことに慶賀の至りでございます。

わが家には「俳諧の縁といふべし菊の秋」の色紙が床に飾られて久しい。その色紙はかつて家内の師であった「若葉」主宰の清崎敏郎先生の作でありました。これは「鑛」誌の創刊者であった笹目翠風先生が作成を依頼し、私共に贈呈して下さったと記憶しています。まことに心温まるご配慮に深く感謝している次第です。

もともと職場の同僚であり、遠慮のない間柄として公私に亘りお引き立てを頂きました。私が句作を始めたのも翠風先生のお導きにより、俳句の手解きを受けたからに他なりません。

　また、貞雄先生とは「茨城若葉会」の宿泊吟行会の度にご指導を戴く機会が長くつづきました。私の退職を機に「上智大学の公開講座」の受講を希望したら即座に応諾されました。週二回の夜学に四年通う事となり、俳句実作の視界を広げ、その骨格を授けられました。

　その後「若葉」の誌友の集いがあり、渡辺健先生と隣席した機会があり「神宮前のさつき会」に加入を所望したところその場で了解してくれました。のべ六年間に及び俳句実作の添削と講評を戴き、その作風を教えて戴きました。

　こうして俳句と人生は、よき師よき友との交わりに恵まれ、俳句を始めて二十七年が経ち「歳月人を待たず」との戒めも虚しく、齢だけが過ぎ去るばかりです。

　本句集名「雁の棹」は霞ケ浦の南端に菱食雁の越冬地がありそこで作った句によるものです。原句は「雁の棹月へ月へと浮き沈み」でした。この句をNHK俳句の誌上句会に投句したところ、有馬朗人氏・宮坂静生氏の両選者が秀句としてお選び下さいました。励ましの一句となりました。

なお、雁の越冬地の様子をお目にかけたく、稲敷市の環境課並びに「雁の友の会」の皆様方に、会報のお写真を化粧扉に利用させて頂くなどご協力を戴きました。厚く御礼申し上げます。

末筆ですが句集名の墨書は柳生愛香師範の揮毫によるものです。ご多忙の折お手を煩わせました。

ふらんす堂の山岡喜美子様始め、スタッフの皆様の懇切なご助言に感謝申し上げます。

令和四年十二月

野口山月

著者略歴

野口山月（のぐち・さんげつ）本名　野口 勇

昭和20年6月5日　土浦生れ。
平成8年1月　茨城「鑛」俳句会入会。
　　　　　　笹目翠風先生に師事。
平成18年10月　「若葉」入会。
　　　　　　鈴木貞雄先生に師事。
平成19年9月　上智大学公開講座受講。
　　　　　　鈴木貞雄教室の俳句実作。
　　　　　　大輪靖宏教室の芭蕉俳句の解説聴講。
平成25年3月　「若葉」1千号記念大会で「若葉」同人。
平成28年5月　NHK学園俳句講座受講。
　　　　　　集中実作と添削編。
平成29年5月　東京神宮前「さつき会」に加入。
　　　　　　渡辺健先生に師事。
平成29年7月　「珊瑚の会」加入。
令和4年12月　現在　「雛」「わかば」、NHKに投句中。

現住所　〒300-0016　茨城県土浦市中神立町33－1

句集　雁の棹　かりのさお

二〇二三年七月六日　初版発行

著　者——野口山月

発行人——山岡喜美子

発行所——ふらんす堂

〒182-0002 東京都調布市仙川町一―一五―三八―二F

電　話——〇三（三三二六）九〇六一　FAX〇三（三三二六）六九一九

ホームページ http://furansudo.com/　E-mail info@furansudo.com

振　替——〇〇一七〇―一―一八四一七三

装　幀——君嶋真理子

印刷所——明誠企画㈱

製本所——㈱松　岳　社

定　価——本体二八〇〇円＋税

ISBN978-4-7814-1550-5　C0092　¥2800E